RATUS POCHE

COLLECTION DIRIGÉE PAR JEANINE ET JEAN GUION

Ralette, la super-chipie !

Ralette, drôle de chipie

- Ralette au feu d'artifice
- Ralette fait des crêpes
- Ralette fait du camping
- Ralette fait du judo
- La cachette de Ralette
- Une surprise pour Ralette
- Le poney de Ralette
- Ralette, reine du carnaval
- Ralette, la super-chipie !
- Ralette n'a peur de rien
- Mais où est Ralette ?
- Ralette et les tableaux rigolos
- Les amoureux de Ralette
- L'idole de Ralette
- Ralette au bord de la mer
- Ralette et l'os de dinosaure

 ISSN 1259 4652, ISBN 2-218 92059-X

Ralette
la super-chipie !

Une histoire de Jeanine et Jean Guion
illustrée par Luiz Catani

HATIER

Lili
Ralette

Les personnages de l'histoire

BROCANTE

Sur la place du village, c'est la
foire à la brocante. Lili a posé sur 1
une table ce qu'elle veut vendre :
des tasses, des assiettes, des verres,
des livres, un miroir… À côté, elle a
mis un vieux fauteuil à bascule. 2

– Qui veut acheter ma chaise pour se balancer ? crie-t-elle.

Qu'est-ce que Ralette va acheter à Lili ?

Ralette s'approche de sa copine.

– Combien la vends-tu ?

– Dix euros.

– C'est trop cher, répond Ralette. Elle est abîmée.

– Pas du tout, répond Lili. C'est une bonne affaire ! Si tu l'achètes, je t'offre un pot de peinture rouge et
un pinceau pour la repeindre. 3

– Marché conclu ! fait Ralette. Je 4
vais la repeindre tout de suite.

Qui va s'asseoir sur le fauteuil ?

Maintenant, Ralette a fini de peindre le fauteuil à bascule. Elle le trouve très beau.

– Est-ce que je peux l'essayer ? demande Raldo.

– Non, répond Ralette. Interdit de s'asseoir sur ma chaise avant demain.

Mais dès qu'elle a le dos tourné, Raldo se dépêche de désobéir et il s'assoit sur le fauteuil à bascule.

Quel est le tricot de Raldo ?

Voilà Ralette qui revient. Vite, Raldo se relève.

– Tu t'es assis sur ma chaise ! crie Ralette en colère.

– Euh… non, répond Raldo.

Mais la peinture était fraîche et 6
les vêtements de Raldo sont tout tachés de rouge.

– Menteur ! crie Ralette. Regarde ton tricot, dans le dos.

Raldo s'en va, tout penaud. 7

Que voudrait faire Raldo ?

Le lendemain, la peinture est sèche. Ralette s'installe près de la fontaine. Elle lit en se balançant doucement sur son fauteuil. Ses amis la regardent avec envie.

– Je voudrais bien lire aussi en me balançant, dit Raldo.

– Moi aussi, dit Ratounet.

– Vous n'avez qu'à vous asseoir sur le rebord de la fontaine et vous balancer ! répond Ralette.

Dans l'histoire, qu'arrive-t-il à Raldo ?

Raldo et Ratounet s'assoient donc sur la margelle et ils lisent en se balançant comme leur copine.

Soudain, Ralette se balance plus
vite. Raldo l'imite. 8

Ralette se balance encore plus fort. Et Raldo aussi ! On dirait qu'il fait de la gymnastique. Il se balance si
vite et si fort qu'il tombe à la renverse 9
dans la fontaine.

Plouf !

Qu’est-ce que Ralette achète encore à Lili ?

Ralette rit aux éclats. Elle court chez Lili pour lui raconter sa farce.

– Raldo est un vrai singe ! Il s'est balancé pour faire comme moi et il est tombé dans la fontaine.

Tout à coup, Ralette a une idée. Elle achète à sa copine une vieille paire de skis et des roues de landau.

– Que veux-tu faire avec ça ? lui demande Lili.

Où est la chaise-promenade de Ralette ?

– Je vais fabriquer une chaise-promenade, répond Ralette.

Elle explique à son amie :

– Les roulettes sur ma chaise, ce sera génial dans les descentes.

– D'accord, dit Lili, mais dans les
côtes, il te faudra une mule pour 11
tirer ta chaise.

Ralette a un sourire malicieux. 12

– J'ai un âne, et il est très fort !

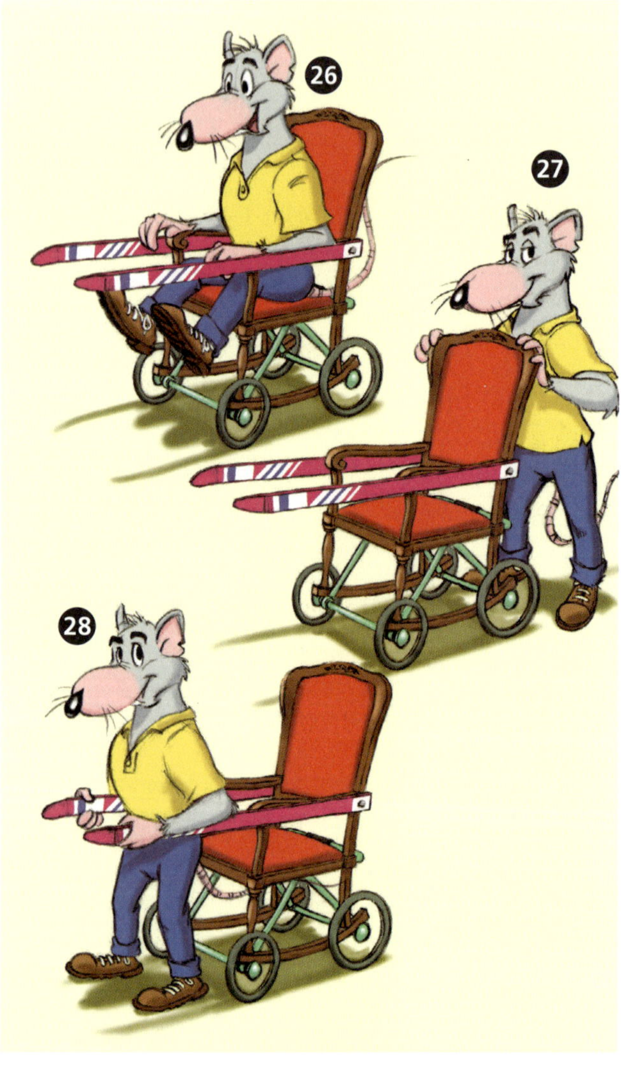

Où se met Raldo dans l'histoire ?

Lili et Ralette travaillent dur pour transformer le fauteuil à bascule, puis elles vont chercher leurs copains qui jouent au ballon.

– Venez voir ma nouvelle chaise-promenade, leur dit Ralette.

– Je ne comprends pas comment
ça peut marcher, ricane Raldo. Vous 13
êtes nulles en bricolage, les filles !

– Mets-toi entre les skis et tu verras, dit Ralette. On va l'essayer.

Que dit Ralette pour que Raldo parte au galop ?

Raldo obéit et il se retrouve avec un ski sous chaque bras.

Ralette monte sur le fauteuil.

– Hue ! En avant ! crie-t-elle.

Mais Raldo ne veut pas avancer. Il grogne qu'il n'est pas une mule.

Alors, Ralette corrige :

– En avant, beau cheval de course !

Raldo est tout flatté. Il part au 14
galop et tire Ralette sur le chemin qui monte au sommet de la colline.

Qu'arrive-t-il à la fin de l'histoire ?

Ratounet applaudit. Il crie :

– Mon copain est le plus fort !

Raldo est très fier. Sans réfléchir, 15
il lâche les skis et lève les bras en
signe de victoire. Malheur !

La chaise-promenade dégringole 16
la pente et va dans le fossé. Ralette
s'envole et atterrit sur l'herbe.

– Mon cheval est un âne ! grogne la chipie en se relevant.

Mais comme ses amis rient de bon cœur, elle retrouve son sourire.

1
la foire
à la **brocante**
C'est un marché
où l'on vend
de vieux objets.

2
un **fauteuil**
à bascule

3
un **pinceau**
(*pin-so*)

4
marché conclu
Ralette est d'accord
sur le prix.

5
essayer (*é-sai-ié*)
Raldo veut s'asseoir
sur le fauteuil.

6
fraîche
La peinture n'est
pas encore sèche.

7
penaud
Il se sent tout bête.

8
il **imite**
Raldo fait
comme Ralette.

9
à la **renverse**
Il tombe sur le dos.

10
un **landau**

11
une **côte**
Un chemin ou une route qui monte.

une **mule**
C'est une sorte d'âne.

12
malicieux
(*ma-li-si.eu*)
Malin et moqueur.

13
il **ricane**
Raldo rit en se moquant.

14
flatté
Content.

15
fier (*fi.è.r*)
Raldo est heureux, il se sent fort.

16
elle **dégringole**
Elle roule très vite dans la pente.

Les aventures du rat vert

- 1 Le robot de Ratus
- 3 Les champignons de Ratus
- 6 Ratus raconte ses vacances
- 8 Ratus et la télévision
- 15 Ratus se déguise
- 19 Les mensonges de Ratus
- 21 Ratus écrit un livre
- 23 L'anniversaire de Ratus
- 26 Ratus à l'école du cirque
- 29 Ratus et le sapin-cactus
- 36 Ratus et le poisson-fou
- 40 Ratus et les puces savantes
- 1 Ratus chez le coiffeur
- 2 Ratus et les lapins
- 9 Ratus aux sports d'hiver
- 13 Ratus pique-nique
- 23 Ratus sur la route des vacances
- 27 La grosse bêtise de Ratus
- 38 Ratus chez les robots
- 41 Ratus à la ferme
- 46 Ratus champion de tennis
- 8 La classe de Ratus en voyage
- 12 Ratus en Afrique
- 16 Ratus et l'étrange maîtresse
- 26 Ratus à l'hôpital
- 29 Ratus et la petite princesse
- 31 Ratus et le sorcier
- 33 Ratus gardien de zoo

Les aventures de Mamie Ratus

- 7 Le cadeau de Mamie Ratus
- 39 Noël chez Mamie Ratus
- 3 Les parapluies de Mamie Ratus
- 8 La visite de Mamie Ratus
- 31 Le secret de Mamie Ratus
- 5 Les fantômes de Mamie Ratus

Ralette, drôle de chipie

- 10 Ralette au feu d'artifice
- 11 Ralette fait des crêpes
- 13 Ralette fait du camping
- 18 Ralette fait du judo
- 22 La cachette de Ralette
- 24 Une surprise pour Ralette
- 28 Le poney de Ralette
- 38 Ralette, reine du carnaval
- 45 Ralette, la super-chipie !
- 4 Ralette n'a peur de rien
- 6 Mais où est Ralette ?
- 20 Ralette et les tableaux rigolos
- 44 Les amoureux de Ralette
- 48 L'idole de Ralette
- 11 Ralette au bord de la mer
- 34 Ralette et l'os de dinosaure

Collection Ratus Poche

Les histoires de toujours

- 27 Icare, l'homme-oiseau
- 32 Les aventures du chat botté
- 35 Les moutons de Panurge
- 37 Le malin petit tailleur
- 41 Histoires et proverbes d'animaux
- 26 Le cheval de Troie
- 32 Arthur et l'enchanteur Merlin
- 36 Gargantua et les cloches de Notre-Dame
- 43 La légende des santons de Provence
- 49 Les malheurs du père Noël
- 21 L'extraordinaire voyage d'Ulysse
- 27 Robin des Bois, prince de la forêt
- 36 Les douze travaux d'Hercule
- 40 Les folles aventures de Don Quichotte

Super-Mamie et la forêt interdite

- 42 Super-Mamie et le dragon
- 43 Le Noël magique de Super-Mamie
- 44 Les farces magiques de Super-Mamie
- 39 Super-Mamie, maîtresse magique
- 42 Au secours, Super-Mamie !
- 45 Super-Mamie et la machine à rétrécir
- 50 Super-Mamie, sirène magique
- 37 Le mariage de Super-Mamie
- 39 Super-Mamie s'en va-t-en guerre !

L'école de Mme Bégonia

- 11 Drôle de maîtresse
- 14 Au secours, le maître est fou !
- 16 Le tableau magique
- 25 Un voleur à l'école
- 33 Un chien à l'école
- 47 Bonjour, madame fantôme !

La classe de 6e

- 14 La classe de 6e et les hommes préhistoriques
- 17 La classe de 6e tourne un film
- 24 La classe de 6e au Futuroscope
- 30 La classe de 6e découvre l'Europe
- 35 La classe de 6e et les extraterrestres
- 42 La classe de 6e et le monstre du Loch Ness
- 44 La classe de 6e au Puy du Fou

Achille, le robot de l'espace

- 31 Les monstres de l'espace
- 33 Attaque dans l'espace
- 34 Les pirates de l'espace
- 19 Les pièges de la cité fantôme

Collection Ratus Poche

Baptiste et Clara

30 Baptiste et le requin
35 Baptiste et Clara contre le vampire
37 Baptiste et Clara contre le fantôme
40 Clara et la robe de ses rêves
22 Baptiste et Clara contre l'homme masqué
32 Baptiste et le complot du cimetière
38 Clara superstar
41 Clara et le garçon du cirque
43 Clara, reine des fleurs
45 Clara et le cheval noir

Les enquêtes de Mistouflette

9 Mistouflette et le trésor du tilleul
30 Mistouflette sauve les poissons
34 Mistouflette et les chasseurs
5 Mistouflette et les tourterelles en danger
24 Mistouflette enquête au pays des oliviers
1 Mistouflette contre les voleurs de chiens
7 Mistouflette et la plante mystérieuse

Hors séries

2 Tico fait du vélo
4 Tico aime les flaques d'eau
5 Sino et Fanfan au cinéma
12 Le bonhomme qui souffle le vent
25 Sino fête son anniversaire
7 Mon copain le monstre
19 Le petit dragon qui toussait
28 Nina et le vampire
2 Les malheurs d'un pâtissier
3 Karim et l'oiseau blanc
4 Timothée et le dragon chinois
6 Le facteur tête en l'air
9 Romain, graine de champion
10 Le trésor des trois marchands
15 Une nuit avec les dinosaures

Conception graphique couverture : Pouty Design
Conception graphique intérieur : Jean Yves Grall • mise en page : Atelier JMH

Imprimé en France par Pollina, 84500 Luçon - n° L96948
Dépôt légal n° 60236 - mai 2005